D1751089

Wenn wir früher als Kinder mit den Eltern in der
Vorweihnachtszeit in der Stadt waren und zum Abend
zurückfuhren, sah ich überall in den Häusern Fenster,
die in unterschiedlichen Farben beleuchtet waren.
Ebenso unterschiedlich wie die Menschen dahinter
und ihre Geschichten, von denen ich aber nie
etwas erfahren würde. Sicher war nur, dass es diese
Geschichten gab und ich diesen Fenstern auf dem
Rückweg mit dem Blick durchs Fenster Geschichten
geben konnte. o.w. für k.

©	Oktober 2001
Herausgeber	wertstatt verlag München
Fotos	Odilo Weber
Text	Nils Plath
Vorwort	Christian Jacobs

Alle Reproduktionen und Nachdrucke – ausgenommen im Zusammenhang mit Rezensionen dieses Buches – bedürfen der schriftlichen Zustimmung der Autoren.

Layout/Satz	Livingpage MediaAgentur
Druck	Burlage, Münster
Auflage	1000 Exemplare, davon 25 Exemplare als Vorzugsausgabe, mit einem Originalabzug, signiert und nummeriert

ISBN 3-936159-01-7

Lieverscheidt - Serie

von Odilo Weber
mit einem Text von Nils Plath

Jean Tardieu

Mein imaginäres Museum. Bibliothek Suhrkamp 1979
„Ich habe mir oft gedacht, daß die sichtbare Welt eine vergessene Sprache sei, ein „code", zu dem wir den Schlüssel verloren haben.

Da war mir, als sei dieses gewaltige Gerüst aus Flächen, dieses spröde, von Schattenbahnen durchschnittene, von Schauern überrieselte, an den vier Enden des Raumes errichtete Gebäude aus Farben und Formen aller Tiefe entkleidet und bloß zusammengesetzt aus Anspielungen auf irgendeine unergründliche Wirklichkeit dort tief im Dunkel, in unermeßlichen Fernen. Jede dieser Formen war uns ins Blickfeld gerückt, um etwas zu bedeuten – aber die Bedeutung kannten wir nicht...

War dies also die Lehre, die aus unserer Unkenntnis zu ziehen war: daß sich uns eine Welt aufdrängte, in der alles diesseits oder jenseits der Sprache geschah?"

Vorwort oder Notizen zu einem Augenblick

Das Besondere der „Lieverscheidt-Serie" liegt für mich in der einfachen, fotografisch scheinbar unprofessionellen Machart, die meinen Blick für die gewöhnlichen Dinge des Alltags schärft. Mein Sehen verwandelt sich in ein die eigene Phantasie öffnendes Schauen. Ich kann den Alltag erfinden und ihn mit dem „guten Eindruck" gestalten.

Die Fotografien beziehen sich alle auf eine Stadt, die aber quasi als Symbol der modernen Lebensführung gelten kann. Natürlich nicht diese hier abgebildete im besonderen, aber die Stadt, die in meiner Erinnerung beim Betrachten dieser Fotografien entsteht. Eine Stadt, in der heute nicht nur die Architektur immer mehr einer Skulptur gleicht, sondern die Menschen in diesen Städten selbst immer mehr zu Skulpturen des Menschengeschlechts werden. Mit dem tragischen Moment, dass sie einmal als „beatmet" galten.

Bin ich als Betrachter, der ich mich ja noch als Mensch fühle, mit Hilfe dieser Serie eingeladen, über mich als Skultptur und deren Überwindung nachzudenken? Kann es mir gelingen, in der Unschärfe Klarheit über mich und das alltägliche Leben zu gewinnen? Oder vielleicht bieten mir diese Fotografien einen Weg in die Poesie der einzelnen Schicksale von Menschen und Städten.

Christian Jacobs
für die Wertstatt im Oktober 2001

Januar, 14:09 Uhr

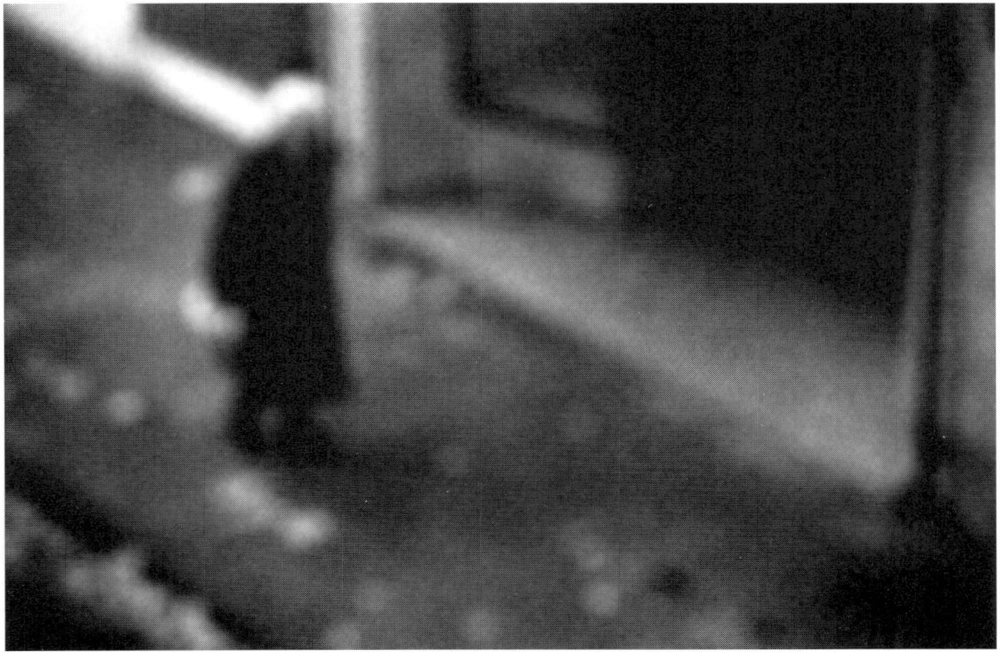

Februar, 13:46 Uhr

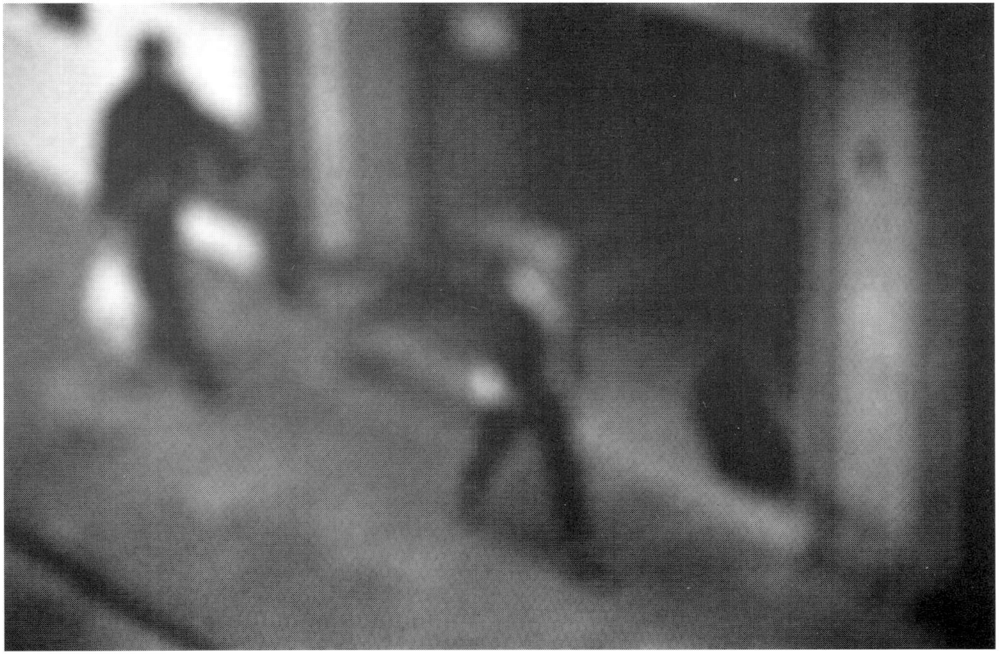

März, 15:16 Uhr

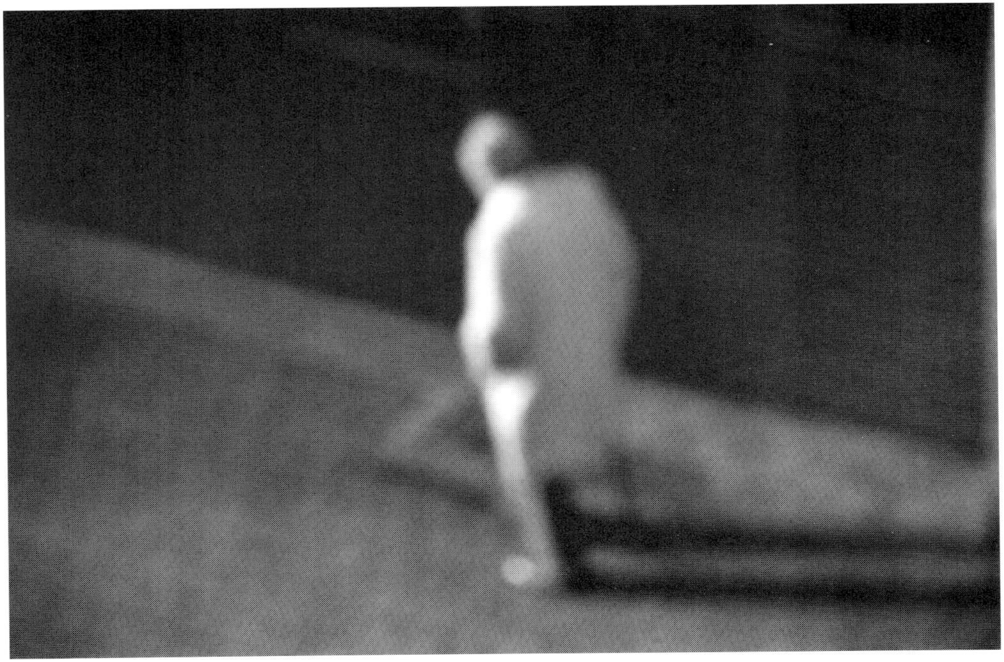

April, 14:57 Uhr

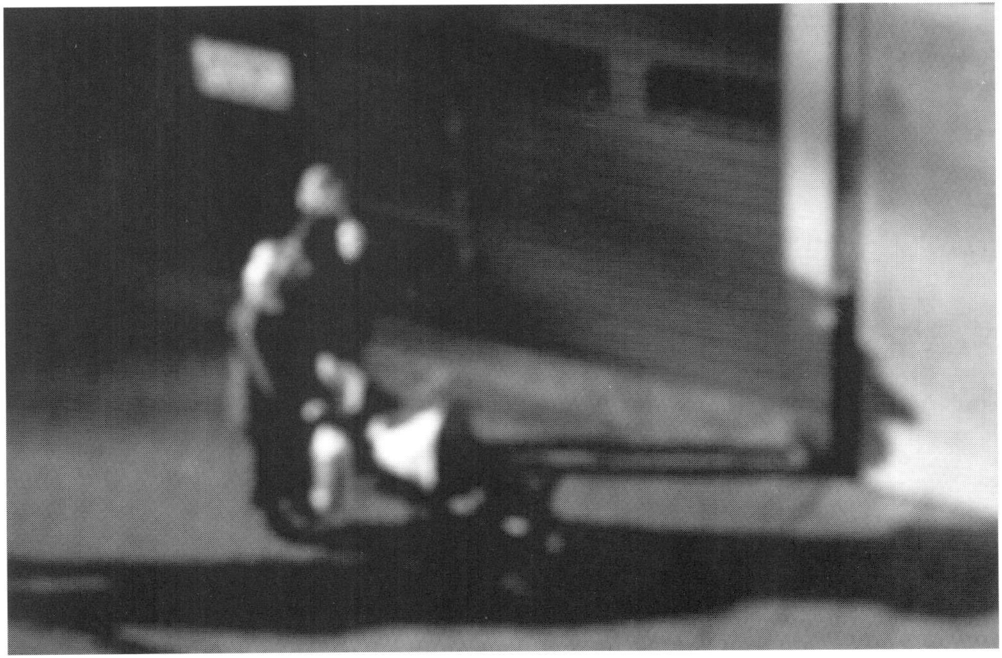

Mai, 14:08 Uhr

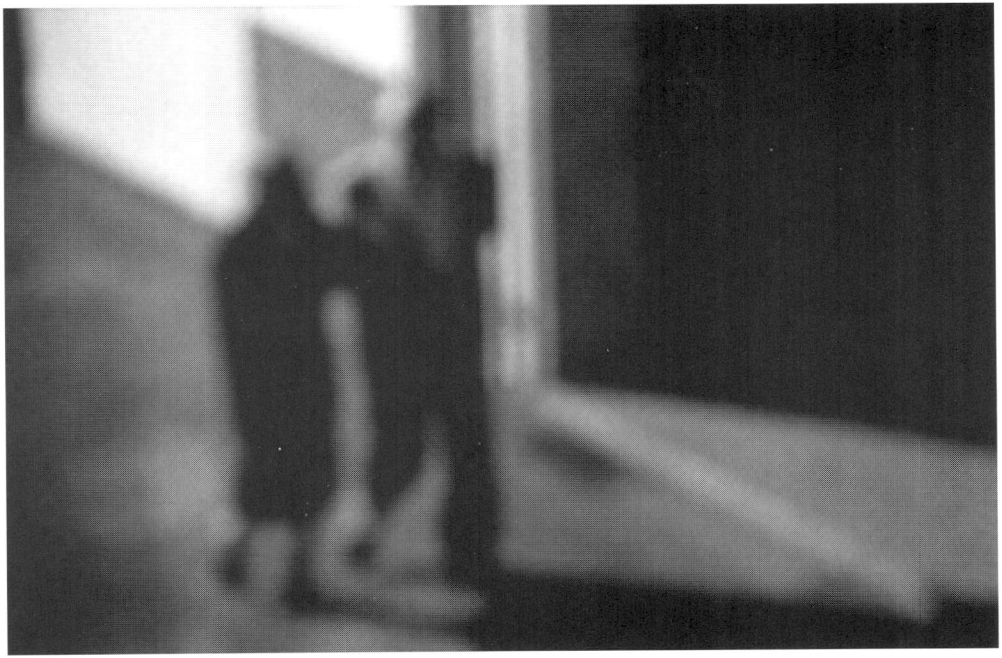

Juni, 13:59 Uhr

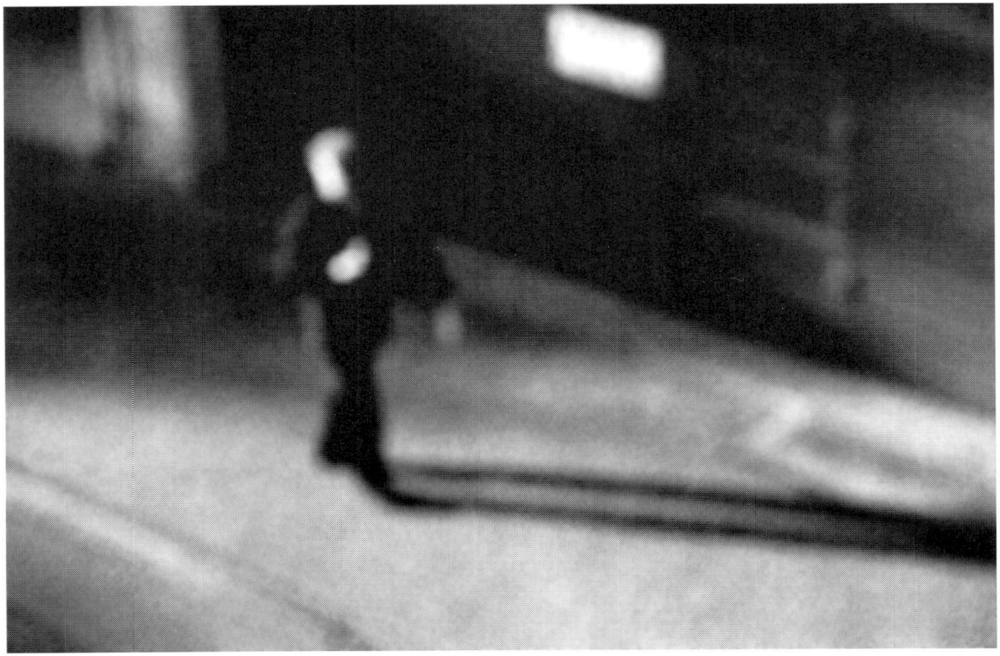

Juli, 14:38 Uhr

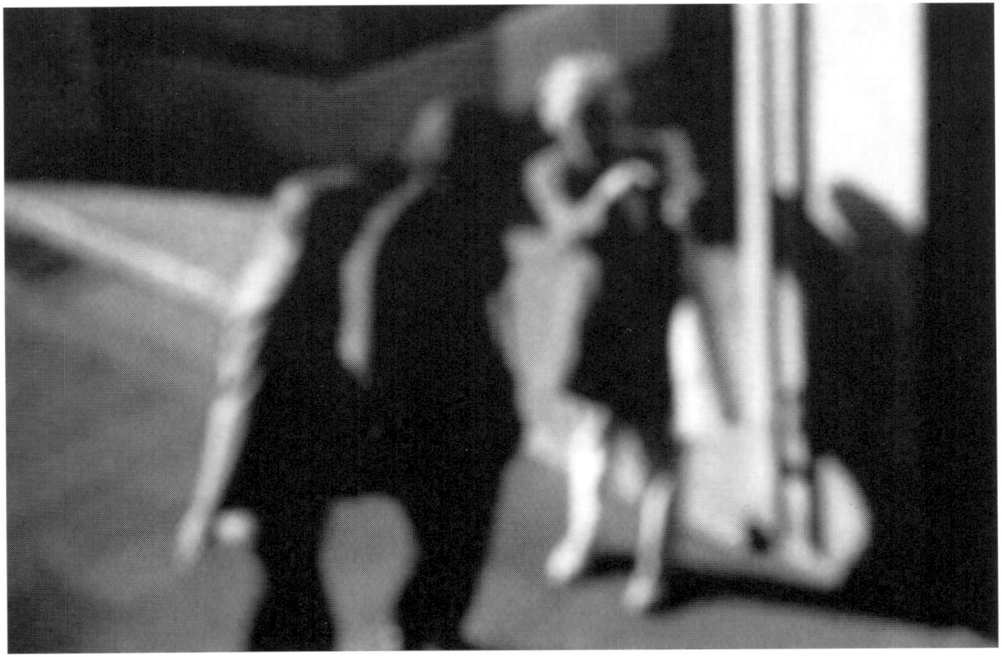

August, 15:00 Uhr

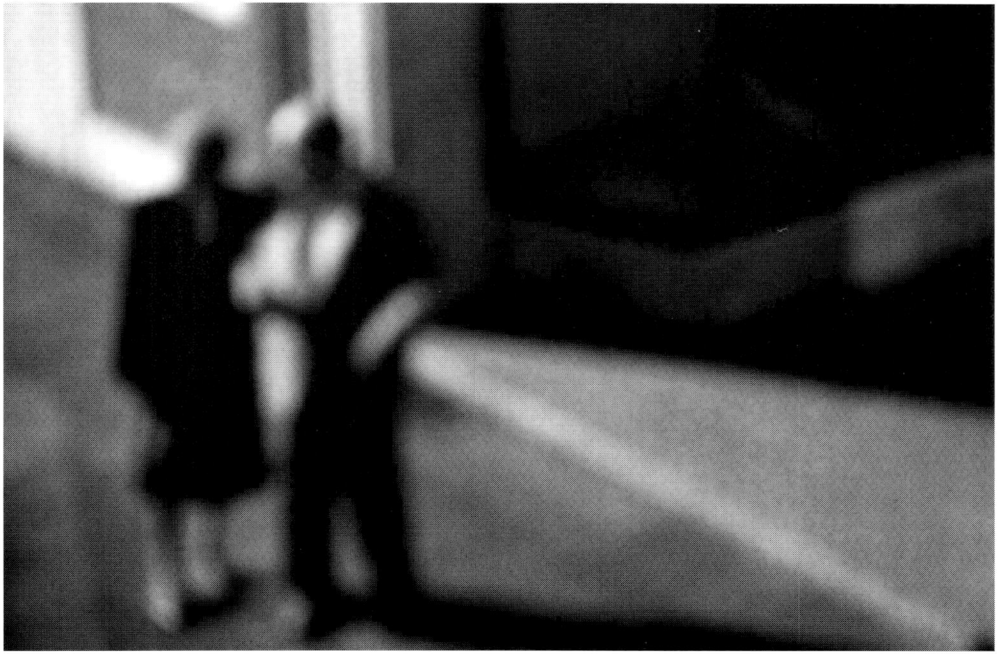

September, 12:48 Uhr

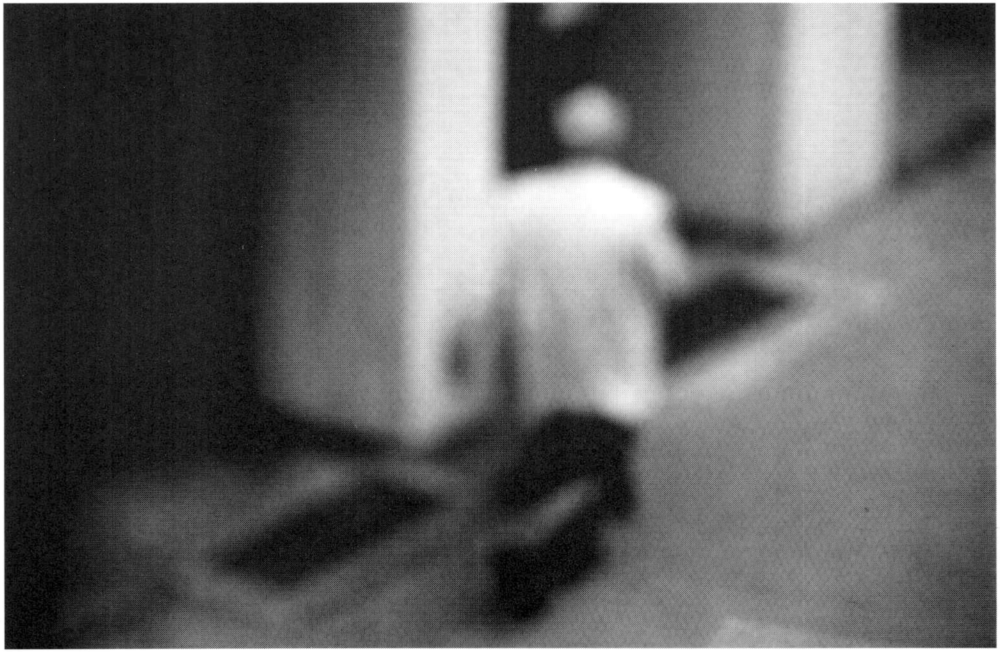

Oktober, 13:26 Uhr

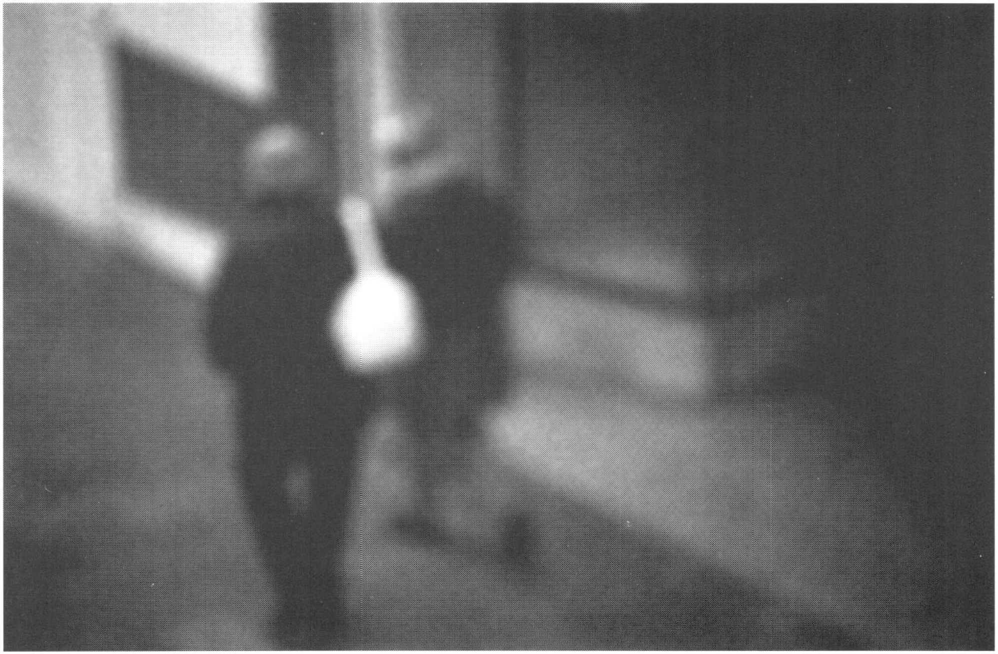

Dezember, 12:57 Uhr

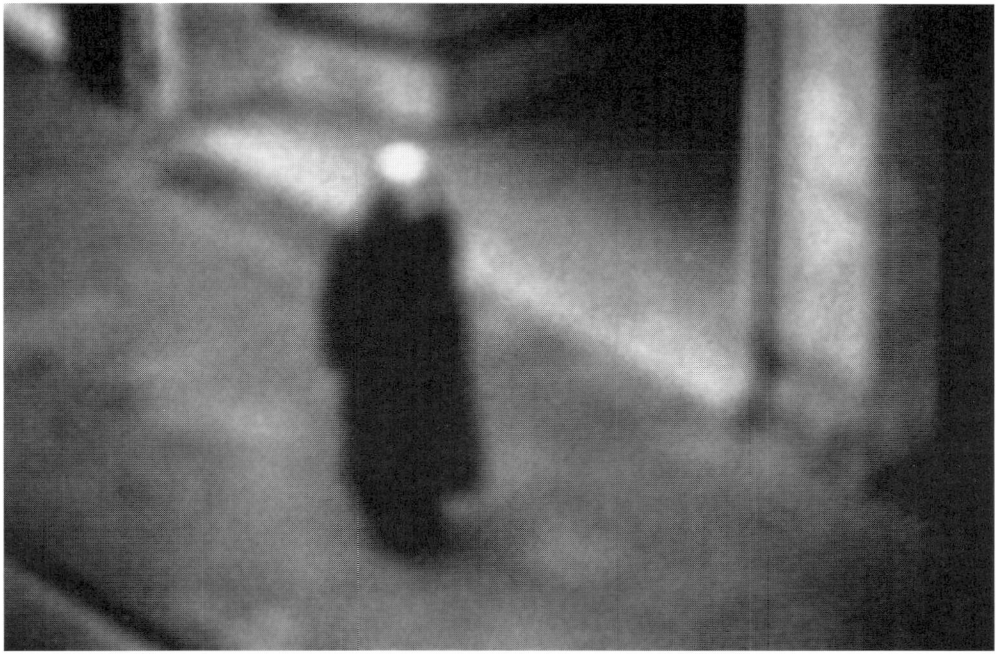

Robert Smithson

„Art through the Camera's Eye" (ca. 1971)
Durch die Heliotypie werden physische Dinge in eine zweidimensionale Form gebracht. Im Rotlicht der Dunkelkammer entstehen aus Chemikalien und Negativ von den unsrigen getrennte Welten. Was wir für fest und greifbar halten, wird im Entwicklungsprozeß zu Dias und Abzügen. Auch die noch in Handarbeit machenden Künstler (einige Maler und einige Bildhauer) können dem gefährlichen Auge der Kamera nicht entkommen. Man denke an die Tausende von 30x18-Hochglanzbildern, die in den Gallerien stapelweise darauf warten, in irgendeiner Zeitschrift oder Zeitung abgedruckt zu werden. Ganz sicher gibt es da noch diese halb-abgedrehten Künstler, die für ihre Arbeit Nischen finden. Und dennoch suchen die Totems der Kunst und die Tabus der Kamera sie heim.

Wie ich sehe und warum (2001)   Nils Plath

Dann komme ich aus der Stadt an den Schreibtisch zurück. Der steht in einem Zimmer in der Stadt. Dies ist der Platz, um Übersicht zu gewinnen. So wollen es die dort versammelten fotomechanisch vervielfältigten Aufsätze und Bücher jedenfalls versprechen, von denen ich mir auf vielfache Weise modellhaft vorführen lassen kann, wie in der Beschreibung durch Worte Eindrücke zu Bildern, dann zu Zeichen werden, interpretierbar und verständlich gemacht durch Sicherheit vermittelnde Konventionen und Begriffe, betrieben als ein unablässiges Geschäft, das als eine Tauschökonomie mit Texten als Währungseinheiten organisiert ist, als ein Handel mit Stellungnahmen, dem ich mich selbst verschrieben habe, ohne mich erinnern zu können, je eine diesbezügliche Entscheidung getroffen zu haben. Der Platz, den ich einnehme, wenn ich aus der Stadt heraus in das Zimmer getreten bin, verspricht zudem Abstand. Und er verspricht auch der Ort zu sein, an dem ein aus anderen Texten sich zusammensetzender Text entstehen kann, konzipiert, um Bilder zu begleiten, auf denen Bewegungen festgehalten werden, die auf den ersten Blick als Serie ein Zeitbild der sich aus solchen momenthaften Eindrücken zusammenfügenden Stadt zu ergeben scheinen: als Raum, in dem ich mich aufhalte, ist dieses Zimmer der Ort, wo Montiertes mit Montiertem in Korrespondenz zueinander gebracht wird. Ich sehe ein, dass ich auch dann, wenn ich mich aus der Stadt zurückziehe und das Zimmer betrete – das Zimmer, das für Abgeschlossenheit steht und zugleich auch für den Anschluss an die sich als unabschließbar erweisende Folge von welterfassenden Texten, die dort den Bestand bilden und deren Eigenart es ist, auf andere Fundstellen und so auf ein Außerhalb zu verweisen – und mich dort an den Schreibtisch setze, doch immer in der

Terence Riley

„The Un-Private House" (1999)
Im siebzehnten Jahrhundert war der Reichtum der Bewohner der europäischen Stadt so angewachsen, daß es ihnen möglich wurde, die Quelle dieses Reichtums räumlich aus der Lebenswelt auszulagern. Die Trennung von Lebensraum und Familiengeschäft hatte nicht nur zur Folge, daß der Lärm geringer wurde, sondern führte auch dazu, den Dreck, die Angestellten, die Lehrlinge, die Kunden und die Lieferanten aus dem Reich des Privaten fernzuhalten. Das Privathaus wurde zur gewöhnlichen Einrichtung und setzte sich als zweckmäßig durch; seine Funktion ließ sich nun leichter bestimmen, seine Gestaltungselemente wurden standardisiert. Tatsächlich entwickelte sich aus diesen Frühformen das weitverbreitete europäische Reihenhaus, das englische Landhaus und später der in den amerikanischen Vorstädten dominierende Haustyp. Eine Umkehrung der Entwicklung setzte vor etwa hundert Jahren ein, und die gegenwärtig zu beobachtende Verlagerung der Arbeit zurück ins Privathaus hat ungeheure Ausmaße angenommen; mittlerweile ist so für rund 20 Millionen Amerikaner das Wohnhaus auch ihre Arbeitsstätte.

Stadt verbleibe. Denn als Eintritt in einen Raum des Privaten, das heißt in einen von einer Umwelt getrennten Ort, ist diese Bewegung nur zu denken, wenn man den Stadtraum als eine Umgebung und als Gegenteil des Privaten verstehen will: als die Öffentlichkeit und als die topologische Einheit des Handels, der Politik, des Handelns, der Kommunikation und des Verkehrs, aus der ein Rückzug in die Sphäre eines eigenen Heims als Refugium möglich ist, eine Fortbewegung zurück an den Ort, in ein Haus, wo Welt reine Privatsache ist und bleibt. Doch das ist vorbei. Immer schon war dies nur eine Behauptung. Aus dem Fenster blicke ich auf ein paar Mehrfamilienhäuser aus rotem Klinker. In denen müssen Leute wohnen, deren Leben mich nichts angeht und die mir nur gleichgültig bleiben können. Ich sehe ihnen zu, wie sie die Fenster putzen, die Hecken schneiden, ihre Hunde ausführen. Ihre Handlungen erscheinen mir nicht nur in diesem Moment völlig unverständlich, in dem ich mir vorzustellen versuche, was sie Tag für Tag, Stunde um Stunde dabei denken, wenn sie tun, wobei sie von mir nur manchmal beobachtet werden. Bei ihren Handlungen, die mir gänzlich fremd bleiben, so vertraut und so alltäglich sie bei jeder Wiederholung auch auf den ersten Blick scheinen mögen. Ich blicke dann auf die gedruckten Worte, Zeilen, Seiten, die sich in jeder Lektüre verändern, auf die Bilder, sehe meinen Händen beim Umblättern zu, beim Anfertigen von Abschriften, beim Notizenmachen, beim Korrigieren, beim Hinzufügen, beim Umstellen, beim Ausstreichen.

Diese Ortsbeschreibung dient dazu, sich bei der folgenden Betrachtung von Bildern an etwas als fiktional Beschriebenes halten zu können: Sie ist als ein Szenenaufbau Antwort auf die an jeden Anfang zu stellende Frage, wie sich im Formulieren von Eindrücken der eigenen Situiertheit mit Worten zu versichern ist. Auch Fotos sind immer als Aufforderung zu betrachten, Standpunkte zu

Maurice Blanchot

„Die Literatur und das Recht auf den Tod" (1947)
Jedes Werk ist ein Gelegenheitswerk – das besagt nur, daß es einen Anfang hatte, daß es in der Zeit begann und dieses Zeitmoment ein Teil des Werkes ist; andernfalls wäre es ein unlösbares Problem geblieben, nicht weiter als die Unmöglichkeit, es zu schreiben. Nehmen wir an, das Werk sei geschrieben: mit ihm wird der Schriftsteller geboren. Zuvor war niemand, der es hätte schreiben können; durch das Buch jedoch ist ein Autor da, der mit seinem Buche verschmilzt. Wenn Kafka aufs Geradewohl den Satz hinschreibt: „Er schaute aus dem Fenster", befindet er sich, wie er sagt, in einer Art Inspiration, derart, daß dieser Satz schon vollkommen ist. Er ist vollkommen, weil er der Autor dieses Satzes ist – oder, genauer, dank diesem Satze ist er Autor: ihm verdankt er sein Dasein, der Satz hat ihn gemacht und er hat den Satz gemacht, dieser Satz ist er selbst und er selbst ist ganz und gar, was der Satz ist.

reflektieren. Im Bild und um das Bild herum. Hier fragen zwölf auf der Schreibtischplatte liegende Fotos danach, welche Beobachterpositionen eingenommen werden, wenn man sich in der Stadt bewegt oder verortet – und danach, wie man eine Position beschreibt, wenn man die Bilder einer Stadt betrachtet, die so angeordnet werden können, dass sie eine Serie ergeben. Jedes Bild der Serie, ein jedes ein aufgezeichneter Blick aus einem Fenster, ist als ein Ausschnitt aus einem größeren Bild zu betrachten. Das Nichtsichtbare umrahmt jede der wie zufällig dokumentierten Szenen und definiert als Rahmen jedes der Bilder für sich erst als Bild: nämlich als ein Bild, das die Stadt zeigt, die sich nicht sichtbar außerhalb des Rahmens fortsetzt. Das Nichtsichtbare als der für das Bild konstitutive, letztlich unbestimmbare Kontext bestimmt auf diese Weise das, was die Bilder zeigen. Es sehen zu wollen, und damit jedes einzelne Bild neben dem räumlichen auch in einen zeitlichen Zusammenhang zu platzieren, ist die notwendige Voraussetzung, wenn einem die Bilder etwas über die Stadt als Ganze sagen sollen. Doch abwegig erscheint der Gedanke, die Bilder könnten als Einzelteile tatsächlich ein größeres Ganzes erfassen helfen. So abwegig wie der Gedanke, die Stadt wäre in der Abbildung eines solchen eng umrissenen Stadtausschnitts – eines einzelnen Bildes als pars pro toto – noch repräsentierbar. Wie dort, wo von der Unwirtlichkeit des Stadtraums gesprochen und er als ein Ensemble von Durchgangsorten ohne Mittelpunkt angesehen wird, hieße das dann, weiterhin von der fragwürdigen Vorstellung auszugehen, der urbane Raum sei ein aus zueinander in Beziehung stehenden, zwar nicht mehr einen einheitlichen, nichtsdestotrotz einen Kontext bildenden Bauten aller Art und aller Nutzungen bestehendes Gefüge und ein historisch gewachsener architektonischer Zusammenhang, der sich angeblich durch seine Funktionalität selbst organisiert – und der dementsprechend danach bewertet wird, ob er sich als funktional erweist oder nicht,

Klaus R. Scherpe

„Nonstop nach Nowhere City" (1988)

Das Schwinden der symbolischen Anziehungskraft der Stadt (Wahrzeichen) und die vollendete Technifizierung und Funktionalisierung der Wahrnehmung haben auch die altehrwürdige Metapher vom Lesen in der Stadt „wie in einem aufgeschlagenen Buch" (Ludwig Börne) in Mitleidenschaft gezogen. Die Freude am Entziffern der „Geheimnisse von Paris" oder die Lust der Flanerie als eine besondere Art der Lektüre im Text der Stadt en miniature läßt sich unter hochtechnischen Bedingungen nicht einfach fortsetzen. Das muß aber nicht heißen (schon gar nicht im Zuge kritischen Fatalismus), daß nur noch ein Verlust von „Erzählbarkeit" zu bilanzieren ist. Der Konflikt zwischen der Realität der Stadt und ihren Bedeutungen hat sich durch den allumfassenden urbanen Funktionalismus verschärft. Kein Ende und keine Endlösung des Konflikts zeichnet sich ab, sondern eine Umschichtung der wortwörtlichen Stadtsymbolik und eindeutigen Wahrnehmungsstrategie in eine semiotische Auffassung vom Text der Stadt.

selbst dann, wenn auch ästhetische Gesichtspunkte bei der Betrachtung eine Rolle spielen. Diese Utopie des 19. Jahrhunderts, die das Ideal eines funktional organisierten urbanen Raums entwirft und bis in die Gegenwart die Blicke auf die Stadt bestimmt, findet in der Wahrnehmung dieser Gegenwart nun keine Entsprechung mehr. Keine Stadt ist Einheit. Keine Stadt ist von Funktionen bestimmt. Kein Stadtraum vermag ein umfassendes Einheitsgefühl, ein einigendes Miteinander einer geschlossenen, sich als Kollektiv verstehenden Gruppe mehr zu erzeugen. Selbst wenn sich die in ihr als Bewohner und Arbeitende auftauchende Leute in der Diktion einer vergangenen Epoche als Bürger bezeichnet sehen, so handelt es sich dabei doch immer nur um Zuschreibungen, die mit den widersprüchlichen und ständigen Änderungen unterworfenen Selbstwahrnehmungen der Leute aber nichts gemein haben. Längst nicht mehr als eine geschlossene Einheit zu betrachten, die danach strebt, gegenüber anderen Städten und dem sie umgebenden Land Autonomie zu erlangen und ihren Bewohner ebendiese zuzusprechen, ist die Stadt nun nichts anderes als ein Ort der Inszenierungen – das heißt ein von Blickverhältnissen bestimmter Ort. In einer solchen Stadt sind es nun gerade nicht theatralisch-demonstrative Manifestationen, denen der Blick zu gelten hat, sondern ihr selbst als Ort, der sich in Ansichten als solcher in Szene setzt.

Von oben fällt der Blick schräg nach unten. Lässt sich auf den Fotos noch ein gemeinsames Zentrum fixieren, ein Projektionsort für ein imaginierbares Betrachtersubjekt bestimmen, von wo aus der Blick als bestimmende Instanz die Szene beherrscht? Ein Punkt, auf den ein Blick aus der Gegenrichtung zurückfallen könnte? Der von Bild zu Bild veränderte Ausschnitt von Bürgersteig und Bebauung macht deutlich, dass sich von Aufnahme zu Aufnahme eine Änderung des Blick-

Jane Jacobs

The Death and Life of Great American Cities (1961)
Straßen in den Städten sorgen nicht nur für den Transport von Fahrzeugen und die Bürgersteige in der Stadt – jene Teile der Straßen, die den Passanten gehören – dienen nicht nur den Fußgängern als Laufstege. Sie dienen der Zirkulation, sind aber darauf nicht zu reduzieren, sondern in gewisser Hinsicht so wichtig für das ordnungsgemäße Funktionieren der Städte wie die Zirkulation selbst. Ein Bürgersteig allein ist gar nichts. Er erhält seine Bedeutung erst durch seine Beziehung zu den Gebäuden und dem, was sonst an ihn grenzt, oder zu den übrigen, ihn begrenzenden Bürgersteigen.

winkels ergeben hat. Eine Verschiebung. Jemand hat die Kamera am Fenster eines Zimmers platziert. An einer Stelle fixiert. Sie dann geschwenkt. Doch gleichen die Aufnahmen des Bürgersteigs nicht den Bildern einer festinstallierten Überwachungskamera, einer der vielen, die Außenraum und Innenräume rund um die Uhr überwachen und die Bilder der Stadt archivierbar vervielfältigen helfen. Ebenso wenig ähneln sie Bildern, mit denen man sich an eindrucksvoll erscheinende Begegnungen mit der Repräsentationsarchitektur vergangener oder gegenwärtiger Zeiten in einer Zukunft zu erinnern hofft – und sich so der eigenen Existenz im Moment der Aufnahme zu versichern meint. Diese Bilder sind ganz einfach organisierte Schnappschüsse.

Schemenhaft nur sind die auf diesen Bildern abgebildeten Leute zu erkennen. Dem ersten Blick sind ihnen in ihrer Unschärfe alle Kennzeichen von Individualität genommen: unkenntlich ihre Gesichter und verschwommen die Kleidungsstücke aus der Massenproduktion, die sie an ihren Körpern ausstellen und deren Schnitte und Etiketten sie als Ausweise einander vorzeigen. Und doch erlaubt es die Körperhaltung jedes Einzelnen, sie mit einem zweiten Blick zu deuten und zu interpretieren zu suchen. Keiner der Abgebildeten entgeht so der Klassifizierung, einer Einordnung nach immer wieder aktualisierten Rastern, dem Abgleich mit den Beständen eines eingebildeten Bildarchivs, in dem für alle im Bild Festgehaltenen Klassen und Gruppen bereitgehalten werden, denen sie in den Augen des Betrachters der Bilder zugeteilt werden. Auf diesem Verlangen nach Klassifizierung basiert auch das Prinzip der Ordnung durch Blicke – und Abbildung –, das als einziges die Stadt noch bestimmt: Auf die Ordnung der Blicke bauen alle Vereinigungsprojekte und Ausschlussmechanismen, die im Stadtraum aufdringlicher denn je seine Nutzung bestimmen und das Recht auf

Rolf-Dieter Brinkmann

Rom.Blicke (1979)

– Es wird ein ähnliches Empfinden gewesen sein, als Du Dich durchfrieren ließt und vor dem Fernsehübertragungsgerät draußen auf der Straße gestanden hast. Es wird ganz sicher viel intensiver gewesen sein als wärst Du in den Film gegangen – ich habe das jedenfalls bei mir oft in Augenblicken erlebt: wenn ich irgendwohin gehen wollte, aber auf Grund irgendwelcher Umstände zwar da war, doch nicht hineinkam, wohin ich wollte, und ich den Plan abändern mußte und damit einverstanden war – nicht das ärgerliche Wegstürzen, sondern mit Zeit, die ich mir selber daraufhin nahm –

Zutritt erteilen. Fotografisch abgebildet und in ihrer Bewegung stillgestellt wirken die Passanten wie uneinheitliche Teile in einem aus Blicken konstruierten Raum, in dem Verhaltensregeln und Gesetzesvorschriften jede ihrer Handlungen instruieren: abgebildet finden sich diese in der Haltung der Körper. Die Passanten inkorporieren rechtlich kodifizierte ebenso wie kulturell vermittelte Verhaltensdiktate. Sie veräußern diese im Vorbeigehen und in ihrer Begegnung an die, die sie ansehen. Mehr noch als die ihnen auf den Fotos entwendeten, komplexe Zeichensysteme bildenden Attribute bestimmt demnach ihre Haltung sie in der Wahrnehmung des Betrachterblicks.

Gezeichnet von der Arbeit, die zu investieren ist, um die von ihnen verkörperte und situationsbedingt wechselnde Rollenfunktion zu erfüllen, sehen die Passanten sich dabei selbst nicht zu der ihre Schritte auf dem Bürgersteig lenkenden, dem Betrachter nur im Anschnitt sichtbaren Front der Häuser in Beziehung stehen, an der sie vorbeigehen und vor der sie stehenbleiben. Dabei sind es genau diese architektonischen Vorgaben, die die Passanten sich so bewegen lassen, wie sie es tun, nur scheinbar nicht fremdgeleitet und frei den eigenen Richtungsentscheidungen folgend. Die Schritte derer, die sich durch den Raum bewegen, werden bestimmt von den Anordnungen der sie umstellenden Gebäude, die ihre Platzierung an der jeweiligen Stelle bestimmten und benennbaren Interessen verdanken und die gerade durch ihre nicht mehr bewusst wahrgenommene Präsenz den Fortgang der Geschäfte und ein organisiertes Ablaufen von Handlungsabfolgen – Wohnen und Arbeiten und Einkaufen – in der Stadt gewährleisten, wenn sie erst einmal für eine meist bei Errichtung unbestimmte, in der Regel längere Zeit an Ort und Stelle Raum bilden, als Fläche auftragen, vertikale Oberflächen abgeben, den Blick verstellen, verrückbar nur durch die Gewalt der neuen

Bill Nichols

Representing Reality (1991)
Der dokumentarische Raum ist, obgleich buchstäblich auf flacher Oberfläche dargestellt, auch mittels einer geometrischen Metapher zu denken. In diesem eher metaphorischen Sinne sind es drei Achsen, durch die sich die Disposition des Körpers ergibt. Diese Achsen bestimmen die Präfiguration der körperlichen Repräsentation. (Die Achsen sind eher konzeptuell als real.) Sie liefern die Anker für ein Stil-Repertoire. (Stilistische Entscheidungen folgen diesem am Anfang stehenden Akt der Konzeptualisierung.) So wie die klassischen Tropen wie Metapher, Metonymie, Synekdoche und Ironie eine präfigurierte Grundlage für die Repräsentation des menschlichen Körpers liefern. Diese Achsen sind es, die die Anker abgeben, durch die der Körper seine Dimension als sozial bedeutsame Entität erlangt.

Pläne oder von dem sich mit der Zeit einstellenden Verfall zum Verschwinden zu bringen, um von neuer Bebauung in anderer Gestalt und Funktion ersetzt zu werden.

Die Unschärfe der Abgebildeten verstärkt den Eindruck der Flüchtigkeit der Passanten, die an diesen Ausdrucksflächen vorbeigehen, ohne sich der von diesen auf sie ausgehenden Wirkung bewusst zu zeigen. Die Passanten nehmen sich nicht als Passanten wahr. Sie verorten sich nicht. Ganz so sieht es aus. Auf den Fotos festgehalten, erscheinen ihre verwischten Körper weder als Subjekte, die mit Kennzeichen einer ihnen zugesprochenen Individualität versehen wären, noch als exemplarische Zeichenträger. Ihre Körper gleichen in ihrer Haltung beschädigten Formen, die dem Licht im Weg stehen, das aus immer gleicher Richtung in die Bildszene einfällt. So gesehen werden sie zu Elementen in einem Stadtraum, der in der Folge von Bildern zu einer Anordnung geometrischer Formen wird, in dem bestimmte Formen die Funktion übernehmen, Ordnung zu inszenieren. Die Ordnung, die man in die Körper eingeschrieben sehen kann, trägt nicht die Zeichen eines rationalen Humanismus, der die Passanten zu Individuen erklären würde, sondern ist die disziplinärer Macht- und Kontrollsysteme, die ihre Auseinandersetzungen um Herrschaft in den sich im Stadtraum bewegenden Leuten austragen. Sollten diese Leute wirklich die Möglichkeiten einer Abweichung von der Norm mit sich führen?

Walter Prigge

„Urbane Photographie?" (1997)
Es sind Photographien des Urbanen, die die Architektur der Stadt zum Motiv ästhetischer Anschauung machen. Das macht ihren Erfolg in der Gegenwart aus, in der Architektur zum Objekt des Feuilletons geworden ist. Zugleich zeigt sich darin ihr Mangel. Denn statt solcher Photographien des Urbanen ginge es um eine urbane Photographie, in der Prinzipien des Städtischen die Machart der Photos selbst und damit die Darstellungsweise des Gegenstandes konstituiert. Erst dann würden sie Erkenntnisse über Formen, Verhältnisse und Strukturen des Urbanen enthalten...

Um angesichts der Bilder in der Stadt zu überleben, die wir nicht so ohne weiteres vergessen machen können, weil wir uns in ihnen und ihr aufhalten und damit selber im Bilde sind, muss man sie – die Stadt, die nur in Bildern existiert, die wir von ihr machen – als Ort für Inszenierungen betrachten. Will man diesen Ort im Bild festhalten, treten an die Stelle von großen Entwürfen, die allein den Anspruch auf Formierung von Modellen artikulieren, an die Stelle von Totalen jetzt lange schon kleine Geschichten, Skizzen, Fragmente, die keine Gesamterzählung mehr ergeben: Bilder beispielsweise, die sich als Schnappschüsse ausgeben und angeben, von der Zufälligkeit des Moments bestimmt zu sein.

Durch ihre Datierung, die ihnen mitgegeben ist, beschreiben sie in Serie einen Ablauf: ein Fortleben in der Stadt, die durch Wandel bestimmt ist. Datieren heißt, das Bild – und damit auch sich, den Betrachter – in einer Linearität stehend zu inszenieren. Durch das Herstellen von Zusammenhängen wird die Gegenwart des Moments behauptet, die Gegenwart des Moments, in dem die Serie Bild für Bild, die jetzt und hier auf der Schreibtischplatte liegen, die Wirklichkeit des Augenblicks abbilden. Die Bilder machen die Stadt zu einer rein bildlich erzählbaren Fortsetzungsgeschichte aus solchen abgebildeten Wahrnehmungsmomenten. So ist weder die räumlich-architektonische Struktur des Stadtraums das alleinige Thema der Aufnahmen, noch sind Menschen die in ihnen in den Mittelpunkt gerückten Motive. Wie Zufallsaufnahmen präsentieren sich Bilder, eben Momentaufnahmen, in denen ganz plötzlich Passanten durch das jeweilige vom Lichteinfall bestimmte Bild laufen. Indem sie eine Serie von Momenten dokumentieren, in denen ein gewählter Nicht-Ort zu einem Ort für die bildliche Inszenierung wird, zeigen die Fotos den Stadtraum als Projektionsfläche von

Miwon Kwon

„Ein Ort nach dem anderen" (1997)

Doch trotz der Vermehrung diskursiver Orte und des „fiktiven" Selbst bleibt das Phantom des Ortes als konkreter Örtlichkeit gegenwärtig. Unsere psychischen, gewohnheitsmäßigen Neigungen für Orte bleiben bestehen und bestärken unser Gefühl von Identität. Diese hartnäckige und häufig verdeckte Zugehörigkeit zu konkreten Orten (in der Erinnerung und Sehnsucht) läßt nicht notwendig auf einen Mangel an theoretischer Bildung schließen, sondern ist ein Mittel zum Überleben.

Blicken, als eine Reflexionsoberfläche, die nur aus Bildern besteht und zugleich ein Ort der Inszenierung von Beobachtern ist, die darin ihr Überleben organisieren. Doch als Momentaufnahmen inszeniert, nämlich als eine Auswahl von unbestimmt vielen weiteren Bildern aus der gleichen Serie, die aber abwesend bleiben, sind sie zugleich auch Dokumente, die die Unsicherheit solcher als gegeben vorausgesetzter Zusammenhänge abbilden. Denn jede Markierung eines Datums, hier ein bestimmender Bestandteil jedes Bildes, provoziert die Frage, ob ihr überhaupt oder unter welchen Umständen ihr zu trauen ist. Infrage gestellt ist damit auf ganz grundsätzliche Weise auch die Ordnung der Zeit, in der die Dinge gesehen werden.

Ich, sagte ich mir selbstversichernd, sehe keine autonomen Bilder, so wie ich auch keine autonomen Subjekte kenne. Dann schaltete ich den Fernseher ein. Der hatte mich schon die ganze Zeit beobachtet.

Odilo Weber

2000 Miniatur 2000
Orangerie Rheda (K)

„art appeal"
CAS (contemporary art & spirits)
Osaka, Japan

2001 KölnKunst6:
Josef-Haubrich Kunsthalle, Köln (K)

schumannsraum, München
(Einzelaustellung, K)

zu den Fotos der Lieverscheidt-Serie

silbergelatinprint auf Dibond
15cm x 240cm

Christian Jacobs, Nils Plath, Bernd Rickfelder

Danke Euch